KB195588

붕어빵 파는 삼신할미

정진 글 | 유달희 그림

봄마중

작가의 말

　어린 시절, 저는 《그리스 로마 신화》와 《북유럽신화》가 참 재미있었어요. 여러 번 읽어서 신들의 이름을 달달 외울 정도였지요. 그런데 정작 우리나라 신화는 잘 몰랐어요. 뒤늦게 어른이 되고 나니 그 사실이 무척 부끄러웠어요. 그래서 좀 늦었지만 우리나라 신화를 공부하게 되었지요.

　우리나라 신화에는 참 신비하고 재미있는 이야기가 많았어요. 마고할미, 바리데기, 설문대할망, 삼신할미, 자청비, 오늘이 선녀 등 지혜롭고 용감하며 매력이 넘치는 여신들을 알게 되어 기뻤지요.

　그중에 저는 '삼신할미' 이야기가 가장 재미있었어요. 삼신할미는 아기가 태어나도록 점지해 주는 여신이에요. 알고 보니 '삼신할미'는 한 명이 아니고 두 명이었어요. 둘 중 저는 일을 못한다고 저승으로 쫓겨난 동해 용왕의 딸인 '저승할미'한테 자꾸 마음이 쓰였어요.

'저승할미는 왜 말썽꾸러기가 되었을까?'

'저승에 가서는 아이들을 잘 돌보며 지냈을까?'

'혹시 후회해서 지난날을 바로잡고 싶진 않았을까?'

자꾸 생각하다 보니 이해하고 깨닫게 되었어요. 삼신할미의 억울한 마음을요.

그래서 삼신할미의 신화에 제가 상상한 이야기를 더해 들려주고 싶어 이 책을 쓰게 되었어요.

처음부터 나쁘고 잘못된 사람은 없다고 생각해요. 오해를 받아 억울하고 자꾸 화가 나면 마음의 창문이 까맣게 되니까요. 이 이야기 속에 나오는 삼신할미도 그랬어요.

누구나 가족이나 친구 사이에 오해가 생길 수 있어요. 그럴 때는 용기를 내어 마음을 솔직하게 이야기해 보세요. 오해를 푸는 열쇠는 '진심'과 '이해'거든요.

어린이들이 자유롭고 행복한 세상을 꿈꾸며

동화작가 정 진

차례

우리나라에는 원래 훌륭한 여신들이 많았어. 그중에는 어릴 때 여신이 된 분도 있지. 바로 '삼신할미'야. 그런데 '할미'가 붙었다고 해서 할머니라고 오해하면 안 돼. 아주 옛날에는 여신을 '할미'나 '할망'이라고 불렀거든. 게다가 삼신할미는 오해 받는 걸 무지무지 싫어하는 여신이야.

지금부터 오해 받아 억울했던 삼신할미의 이야기를 들려줄 테니 잘 들어 봐.

헌 삼신할미

동해 바다를 다스리던 용왕은 어느 날 어린 딸에게 이렇게 말했어.

"땅 위에는 아직 삼신이 없으니 네가 땅 위에 올라가 삼신할미를 맡거라!"

삼신할미가 하는 일은, 엄마 뱃속에 아기가 생기게 하고 그 아기가 건강하게 태어나 잘 자라도록 보살피는 일이야.

동해 바다에서는 용왕의 부인, 그러니까 공주의 엄마가 삼신할미였거든. 그런데 왜 용왕이 느닷없이 공주에게 삼신할미를 맡겼을까? 거기에는 특별한 사연이 있어.

공주는 태어날 때부터 꽃같이 예쁘게 생겼다는 말을 들었어. 하지만 무슨 행동만 하면 번번이 야단을 맞았지. 공주는 좋은 마음으로 한 건데 이상하게 나쁜 결과가 따라왔거든.

게다가 아버지 용왕은 성격이 불같고 급하기도 해서 한시도 가만히 있지 못했어. 그런 아버지와 살며 공주는 어머니가 속으로 꾹 참는 걸 곁에서 지켜보았지. 아무리 어린 아기라도 다 느낄 수 있거든.

'어머니가 아버지한테 하고 싶은 말을 한마디도 못하고 있네. 아이 참, 어머니도 참 답답하겠다!'

공주는 엉금엉금 기어가서 어머니를 위로해 주려고 가슴을 작은 손으로 톡톡 두드렸어. 그러면 답답한 가슴이 좀 시원해질 줄 알았던 거야.

그런데 공주는 너무 어려서 자신이 얼마나 큰 힘을 갖고 태어났는지를 몰랐지.

"아악!"

어머니는 쇠망치로 가슴을 맞은 것처럼 너무 아팠어. 아기의 손이라곤 할 수 없는 어마어마한 힘이 공주의 손에 들어 있었거든.

"어허! 이런, 어머니를 때리는 고약한 딸이 다 있다니!"

용왕은 앞뒤 살피지 않고 벌컥 화를 냈어. 어머니는 아프다고 비명을 지르고 아버지는 무섭게 화를 내는 모습을 본 공주는 너무 놀랐어. 그래서 울음을 터뜨렸지.

"으애애앵, 아아아앙!"

공주의 울음소리가 어찌나 큰지 용궁 전체가 들썩들썩했어. 그러자 용왕은 더 화가 났어.

"시끄럽다! 오냐, 오냐 하며 귀하게 키웠더니 벌써부터 버릇이 없구나."

그때 공주는 겨우 돌이 지난 아기였어. 그러고 보면 동해 용왕의 성격이 급하긴 급했나 봐.

또 한 번은 이런 일도 있었어. 용왕은 동해 바다 속 나랏

일이 너무 바빠 긴 수염을 제대로 다듬지도 못하고 있었지.

"백성들이 다 보는데, 긴 수염 좀 깨끗하게 정리하면 좋겠어요."

어머니가 여러 번 말했지만 용왕은 도통 신경을 쓰지 않았어.

"그럴 시간이 어디 있소? 그리고 수염이 뭐 그리 중요하다고!"

공주는 어머니의 안타까운 표정과 지저분한 아버지의 수염을 번갈아 쳐다보았어. 바쁜 부모님을 위해 뭔가 하고 싶었지. 공주는 뒤뚱뒤뚱 걸어가 일하는 아버지 무릎 위로 올라갔어. 그러고는 아버지의 헝클어진 옥수수수염 같은 긴 수염을 두 손으로 잡아 잘 빗어 주려고 했지.

"내가, 내가……."

공주는 혀 짧은 소리를 내면서 방실방실 웃었어. 하지만 그때 두 살이 좀 넘었던 공주의 손 힘은 벌써 쇠망치보다 더 강했지.

"으아악!"

용왕은 수염이 뽑히는 줄 알고 펄쩍 뛰어올랐어. 너무 아파 눈물까지 찔끔 흘릴 정도였지. 화가 잔뜩 난 용왕이 소리를 버럭 질렀어.

"저리 가거라!"

용왕은 공주를 번쩍 들어 바닥에 내려놓았어. 주위에 있는 신하들 보기가 너무너무 창피했던 거야.

"이런 불효한 자식 같으니라고! 어디서 감히 아버지 수염을 쥐어뜯으려고 해!"

용왕은 부르르 떨면서 도저히 참을 수가 없었어.

"어머니의 가슴을 때리지 않나, 아버지의 수염을 쥐어뜯지 않나!"

그때부터 용왕과 왕비는 공주가 하는 행동이 다 밉상으로 보였어. 뭘 하든지 말이야.

"진짜 억울해! 아버지랑 어머니는 내 마음을 너무 몰라."

그러다 보니 공주도 점점 삐딱하게 생각하게 되었어.

그때부터 공주는 작정하고 미운 행동을 하기 시작했지. 곡식을 말리려고 널어놓은 것을 마구 흩트려 버려 못 먹게 만들거나 깨끗하게 빨아놓은 옷들을 먹물로 더럽혔지. 어린 새순 꼭지를 따서 식물이 자라지 못하도록 만들기도 했어.

이렇게 시시때때 말썽을 부렸더니, 백성들한테까지 소문이 퍼져 '동해 바다 밉상 공주'가 되어 버렸지.

"내가 창피해서 도저히 못 참겠구나!"

동해 용왕은 공주를 쫓아내기로 결심했어. 인간 세상에 가서라도 쓸모 있는 존재가 되기를 바라면서 이렇게 명령을 내렸지.

"인간 세상에는 아직 삼신이 없다고 하니, 네가 가서 삼신이 되어라!"

용왕은 오랫동안 바다 속에서 삼신을 맡고 있었던 어머니를 보면서 공주가 삼신이 하는 일을 잘 배웠을 거라고 짐작했어. 하지만 전혀 그렇지 않았어.

"어머니, 삼신은 뭐하는 거예요?"

공주가 눈을 동그랗게 뜨고 물었지. 왕비는 용궁에서 갑자기 쫓겨나게 된 딸에게 삼신이 하는 일을 잘 가르쳐 주고 싶었어.

하지만 그건 금방 뚝딱뚝딱 배워서 할 수 있는 일은 아니었어.

"이렇게, 저렇게 해서 아기가 생긴 뒤엔 말이다. 아기가 잘 태어나게 하려면……."

어머니는 삼신이 하는 일 중에서 가장 어려운 부분을 알려 주려고 했어. 하지만 성격이 급한 용왕은 더 이상 기다리지 못하고 마구 재촉했지.

"뭘 꾸물거리느냐? 어서 떠나거라!"

공주는 정작 중요한 건 배우지도 못한 채 떠나야 했어. 그러고는 아버지가 시키는 대로 무쇠석함에 갇힌 채 물 위로 출렁출렁 삼 년, 물 아래로 출렁출렁 삼 년, 물 중간으로 출렁출렁 삼 년 하면서 구 년이나 갇혀 있다가 겨우 땅 위로 올라오게 되었지.

땅 위에 올라와 삼신할미 역할을 하게 되었을 때, 공주의 나이는 열네 살이었어. 동해 바다 용궁에 살 때는 늘 혼나기만 하다가 막상 땅 위에 올라오니까 너무 좋았지. 매일 오해하고 야단치던 부모님이 옆에 없으니까 누구 눈치 볼 일도 없었고. 이렇게 자유로운 세상은 처음이었어.

"우와, 땅 위 세상에서는 뭐든지 내 마음대로구나! 이제 다시 용궁에는 돌아가지 않을 거야."

삼신할미가 된 공주는 엄마들 뱃속에 아기가 생기게 하는 건 아주 잘했어. 그건 어머니한테서 분명히 배웠거든. 그런데 도무지 그다음을 모르겠는 거야.

"아기를 어떻게 낳게 하는지는 정말 모르겠네. 아이고, 어떡하나."

그러다 공주는 제멋대로 이렇게 생각해 버렸어.

"나도 동해 바다에서 사람들이 사는 땅으로 올라올 때까지 엄청 오랜 시간이 걸렸으니까 아기들도 쉽게 태어나는 건 아닐 거야. 아기들은 엄마 뱃속에서 오래오래 있어야겠지?"

아, 그랬더니 세상이 어떻게 되었겠어? 아기를 제때에 낳지 못하는 엄마들 때문에 집집마다 난리가 나고 말았어.

하늘에 있는 옥황상제한테 울면서 기도하는 사람들이 한둘이 아니었지.

"이거, 안 되겠군! 삼신할미를 새로 뽑아야겠어."

하늘나라 옥황상제는 할 수 없이 새로운 삼신할미를 뽑기로 했어. 원래 삼신할미와 달리 침착하고 집에서도 사랑과 예쁨을 듬뿍 받았던 애기 씨를 두 번째 삼신할미로 결정했지.

아무것도 모르고 땅 위의 세상을 구경하는 재미에 푹 빠져 지내던 동해 공주는 뒤늦게 그 소식을 들었어. 마른하늘에 날벼락을 맞은 것 같았지.

"내가 또 쫓겨나는 거야?"

이번에는 용궁에서 쫓겨날 때보다 더 큰 충격을 받았어.

"너는 저승에 가서 죽은 아기들을 잘 보살펴 주어라! 이제 넌 '저승할미'가 되었다!"

옥황상제가 이렇게 말하며 새로운 일을 맡겼어. 공주는 슬펐지만 그나마 아주 쫓겨난 건 아니라서 다행으로 생각하며 저승으로 떠났지.

하지만 얌전히 떠난 건 아냐. 새로 온 삼신할미에게 한바탕 화풀이를 해 주고 나서였어.

공주는 '저승'이란 말이 너무 싫었어. 사람들은 저승이라고 하면 '지옥'부터 떠올리잖아. 그런데 저승에는 지옥만 있는 건 아니거든.

"차라리 저를 '저승할미'보다는 '헌 삼신할미'라고 불러 주세요."

"그럼 그렇게 하여라."

옥황상제의 허락을 받고 저승에 가서 '헌 삼신할미'가 된 공주는 인간 세상에서 내려온 아기들을 정성껏 보살폈어. 제대로 어른이 되어 보지도 못하고 안타깝게 저승에 온 불쌍한 아기들을 정말 자식처럼 보살펴 주었지. 뒤늦게 '삼신'이 하는 일을 정성껏 하면서 공주는 점점 철이 들었어.

'그때 내가 살아 있는 세상 아기들을 잘 보살펴 주었다면 얼마나 좋았을까!'

땅 위의 세상이 그리웠던 공주는 자신의 잘못이 자꾸만 후회가 되었어.

"딱 한 번이라도 살아 있는 아기를 도울 수 있으면 마음이 편해질 텐데!"

그러면 고등어 가시처럼 마음에 박혀 있던 후회가 쑥 내려가 아주 시원해질 것만 같았지.

특별한 날

후회만 거듭하던 공주는 드디어 결심을 했어.

"어휴, 답답해! 도저히 안 되겠다."

버티고 버티던 공주는 결국 인간 세상의 삼신인 새 삼신
할미를 찾아갔어.

"아니 여긴 어떻게?"

새 삼신할미는 헌 삼신할미를 보자마자 얼른 두 손으로
머리를 감싸면서 뒷걸음질을 쳤어. 그 모습을 본 헌 삼신할
미는 예전 일이 떠올랐어.

'아차, 그때 새 삼신할미가 내 자리를 빼앗은 줄 알고 새 삼신할미의 머리채를 잡고 막 흔들며 화풀이를 했었지!'

그때 새 삼신할미의 탐스러운 긴 머리카락이 늦가을 나뭇잎처럼 우수수 떨어지는 바람에 머리숱이 많이 줄었어. 헌 삼신할미는 아기 때부터 손의 힘이 어마어마했으니 말이야.

"아이고. 나한테 나쁜 기억만 갖고 있나 봐. 내가 또 자네 머리채를 잡을 일은 절대로 없으니 안심하라고. 그때는 내가 너무 철이 없고 어렸으니 이해해 주게!"

그 말을 들은 새 삼신할미는 우아하게 옆머리를 한번 쓰다듬더니 두 손을 무릎에 가지런히 올려놓았어.

"삶과 죽음은 동전의 앞면과 뒷면 같은 것 아닌가! 우리는 어차피 한몸이나 같은 신세이니 부탁 하나만 들어주게."

어떤 부탁인가 싶어 새 삼신할미는 헌 삼신할미를 쳐다보았지.

"우리 어머니가 삼신이었는데도 나는 삼신이 하는 일을 제대로 배우지를 못했어. 그러니 뭘 몰랐던 거지. 내가 절대

일부러 인간 세상 엄마들과 아기들을 해치려고 한 건 아니
었다고."

새 삼신할미는 조용히 귀를 기울였어.

"그런데 사람들은 나를 아주 나쁜 여신으로만 알고 있지
않나. 자네가 옛날이야기에 나오는 흥부나 콩쥐라면, 난 놀
부나 팥쥐인 셈이지. 그 오해를 꼭 풀고 싶어!"

"흠, 자네 입장에서는 억울할 수도 있겠군 그래."

새 삼신할미는 온화한 표정으로 고개를 부드럽게 끄덕여
주었어.

"나도 살아 있는 땅의 아이를 잘 보살펴 주고 싶네! 나처
럼 억울하고 오해를 받아 슬픈 아이가 분명히 있을 거라고."

헌 삼신할미는 코끝이 빨개지면서 눈물까지 글썽거렸어.

"오래 전에 자네가 실수하고 잘못한 그 일을 다시 바로잡
고 싶은 건가?"

"그렇지! 바로 그걸세!"

헌 삼신할미는 진심을 담아 대답했어.

"역시 자네는 나하고 달라서 참 영특하군! 자네가 인간 세상의 삼신할미가 된 건 너무나 당연한 일이었어."

새 삼신할미는 칭찬을 들어 기분이 좋은 데다 헌 삼신할미가 좀 불쌍한 생각이 들었어. 제대로 배우지 못해 살아 있는 아기들을 보살펴 주지 못했다는 말에 마음이 흔들렸지.

"그럼, 아주 특별한 날에만 자네에게 땅의 아이들을 보살필 수 있는 기회를 주겠네."

평범한 날이 아니라 특별한 날에만 허락을 해 준 거야. 그 특별한 날이란 '해가 떠 있어도 비가 부슬부슬 내리는 날'이었어. 대신에 비가 그치거나 해가 지면 당장 하던 일을 멈춰야 했지.

"정말 특별한 날에는 내가 땅의 아이들을 보살펴도 되겠는가?"

헌 삼신할미는 흥분해서 자리에서 방방 뛰었어. 그 바람에 삼신할미 집에 있던 아름다운 가구들과 마당에 심은 꽃들과 나무들이 다 흔들려서 지진이 일어난 것만 같았지.

"어허, 너무 흥분하지 말게!"

새 삼신할미가 따끔하게 한마디하자, 헌 삼신할미는 바로 행동을 멈추었어. 혹시 새 삼신할미의 마음이 변할까 봐 무서웠거든.

"내가 주로 뱃속에 있는 아기들과 어린 아기들만 보살핀 건 사실이네. 그렇잖아도 마음에 걸리던 아이들이 있네. 바로 초등학교에 다니는 아이들이야. 자네 말대로 억울하거나 고민이 있는 아이를 찾게 되면 특히 잘 보살펴 주게!"

마지막으로 새 삼신할미는 단단히 다짐을 해두었어.

"자네가 절대로 사람이 아니라는 걸 들켜서는 안 되네!"

드디어 그날이 찾아왔어. 해가 하늘에 떠 있지만 비가 부슬부슬 내리는 특별한 날이었지. 헌 삼신할미는 너무 들떠서 어쩔 줄을 몰랐어.

"땅의 아이들은 밝은 색을 좋아한다고 했겠다!"

새 삼신할미한테 그렇게 들었거든. 헌 삼신할미는 엄청

멋을 부렸어. 맨드라미꽃처럼 생긴 빨간 모자를 쓰고, 새빨간 색안경으로 얼굴을 거의 다 가리고, 팔목까지 오는 긴 장갑을 날렵하게 꼈어. 또 긴 목을 우아하게 감싸는 빨간 목도리는 덩굴장미처럼 온몸을 감고 내려가서 발목까지 흘러내렸지. 굽이 십 센티미터가 넘는 뾰족하고 반들반들 윤이 나는 빨간 구두를 신었어. 또각또각 멋지게 걸어가고 싶었지만 높은 구두를 신어 본 적이 없어 휘청휘청 걸어야 했지.

"전부 같은 색이면 지루하니까 포인트를 줘야겠어!"

원피스는 검은색으로 입었어. 사실 헌 삼신할미는 검은색을 좋아하거든. 원피스랑 어울리게 립스틱도 검은색으로 진하게 발랐지.

"역시 난 꽤 예뻐!"

처음 찾아간 초등학교 교문 앞에 서자 가슴이 콩닥콩닥 뛰었어. 교문을 나서는 아이들이 재잘재잘 떠드는 모습을 보자 너무 반가워 웃음이 실실 나왔지.

"얘들아, 나 좀 봐."

아기 때부터 스스로 예쁘다는 걸 잘 아는 헌 삼신할미였어. 외모에 대한 자신감이 상당히 넘쳤거든. 목소리도 커서 꼭 확성기를 틀어놓은 것 같았지. 아이들은 헌 삼신할미를 보자 흠칫 놀라는 표정을 지었어.

'내가 너무 예뻐서 놀랐나 보군!'

헌 삼신할미는 그렇게 생각하며 어깨를 으쓱거렸어.

"너희는 나를 만난 걸 영광으로 알아!"

하지만 헌 삼신할미가 옆으로 쓱 다가가자, 아이들은 무슨 괴물을 만난 것처럼 소리를 지르며 냅다 달아났어.

"헐!"

"으악!"

'어라, 혹시 내가 저승에서 온 걸 아는 건가?'

헌 삼신할미는 속으로 뜨끔했어. 아이들이 알아채고 도망을 가는 것 같았거든.

'내 모습에서 저승의 흔적이 보이는 걸까?'

어쩔 수 없이 그 모습 그대로 새 삼신할미를 찾아갔지.

"내가 저승에서 온 흔적을 질질 흘렸나 봐. 아이들이 나를 보고 막 도망을 가더라고."

그 말을 들은 새 삼신할미는 혀를 끌끌 찼어.

"으이그. 그렇게 요란하고 기괴한 모습으로 찾아갔다고? 그러니 애들이 당연히 겁을 먹지!"

새 삼신할미는 땅의 아이들에게는 자연스럽게 다가가야 한다고 알려 주었어. 아이들이 편하게 느끼는 인자한 모습으로 다가가야 한다고.

"인자한 모습으로 자연스럽게 다가가라고?"

헌 삼신할미는 인간 세상에 어울리는 인자한 모습을 배우고 싶었어. 그래서 여기저기 살피고 다녔어.

"오호, 바로 저 모습을 말하는가 보군!"

버스 정류장 근처 포장마차에서 붕어빵을 구워 팔고 있는 할머니가 보였어.

"우와, 붕어빵이다!"

버스에서 내리는 사람들은 어른이고, 아이고 가리지 않고 다가가 붕어빵을 냠냠 맛있게 사 먹었어. 물고기 모양의 빵을 보니 한때 동해 바다 용왕의 딸이었던 헌 삼신할미는 너무 반가웠지. 물고기 빵이라면 자신 있게 잘 만들 수 있거든.

'초등학교 근처에서 붕어빵을 구워 아이들에게 나눠 주면 되겠군!'

그러고는 붕어빵을 굽는 할머니의 얼굴과 옷차림을 유심히 살펴보았어. 이마와 눈가엔 주름이 짜글짜글하고 손등엔 검버섯도 여러 개였지만 일을 하는 손놀림은 꽤 민첩하고 능수능란했어.

머리카락이 혹시 반죽에 떨어질까 싶어 머리를 질끈 묶고 하얀 두건을 쓴 채 일하는 할머니의 옷차림은 수수해서

눈에 거의 뜨이지도 않았지.

"옳거니!"

헌 삼신할미는 붕어빵 파는 할머니의 모습을 그대로 따라 하기로 마음먹었어.

오랜 기다림 끝에 하늘엔 해가 떴지만 비가 부슬부슬 내리는 특별한 날이 또 찾아왔어. 마침 단풍이 곱게 물드는 가을이라서 붕어빵을 먹기에도 좋을 때였지.

헌 삼신할미는 포장마차를 끌고 어느 초등학교 건너편 육교 밑으로 갔어. 저번에 보았던 붕어빵 할머니랑 똑같은 차림을 했지. 노릇노릇한 붕어빵을 굽자 맛있는 냄새가 학교 안에까지 스르르 퍼졌어.

"우와, 붕어빵이다!"

노란 우산을 쓴 여자아이가 가방을 찰랑찰랑 흔들면서 달려왔어.

"할머니, 붕어빵 얼마예요?"

첫 손님을 맞은 헌 삼신할미는 너무 기뻤어.

'자연스럽게 다가가야지.'

새 삼신할미가 알려 준 말을 떠올리며 입을 열었어.

"얘, 붕어빵이 얼마인지는 조금도 중요하지 않단다. 네 마음속에 있는 고민이 훨씬 더 중요하지!"

"네에?"

노란 우산 아이의 두 눈이 왕방울만 해졌어.

"내가 너를 도와주려고 왔거든. 붕어빵 팔려고 온 게 아니야."

아이는 슬금슬금 뒤로 물러서면서 아주 이상하다는 눈빛을 보였어.

"아, 답답하네. 거짓말이 아니라니까!"

헌 삼신할미는 자신의 뜻을 알리기 위해 눈을 크게 부릅떴어. 그러자 자기도 모르게 눈동자가 360도로 뱅글뱅글 돌아가 버렸어. 억울하다 싶으면 나오는 버릇이었거든.

"으악!"

아이는 비명을 지르며 겁에 질려서 뒷걸음질 쳤어.

"얘, 내 말 좀 들어봐!"

당황해서 큰 소리로 아이를 부르자, 아이는 들고 있던 우산까지 팽개치면서 도망가 버렸어.

"내가 무슨 말을 잘못 했나?"

어찌나 섭섭하고 허전한지 헌 삼신할미는 한동안 멍하니 입만 벌리고 있었어.

"안 되겠다. 또 실수하기 전에 물어 봐야지."

허겁지겁 찾아온 헌 삼신할미의 얘기를 듣고 새 삼신할미는 한숨을 푹 내쉬었어.

"하여간 자네는 성격이 참 급하군."

헌 삼신할미는 억울해서 눈물이 찔끔 날 것 같았어.

"아, 자네가 나한테 자연스럽게 다가가라고 했잖아. 그래서 난 아이에게 솔직하게 다 말했던 거라고."

"아이한테 솔직하게 다 말해 버리는 게 어떻게 자연스러운 건가? 그건 아니지!"

또 틀렸군. 헌 삼신할미는 고개를 푹 숙이고 말았지.

잠복근무

"그럼, 이제부터는 아예 입을 꾹 다물고 있게나. 아무 말도 안 하면 말실수는 하지 않을 테니까."

헌 삼신할미는 가르쳐 준 대로 하기로 했어.

은행나무들이 노랗게 물들어 가을이 한창 아름다울 때였지. 해가 뜨고 비가 보슬보슬 내리는 날. 헌 삼신할미는 기다렸던 장사를 시작했어.

그날은 파란 우산을 쓴 남자아이가 손님으로 찾아왔어.

"할머니, 붕어빵 얼마예요?"

"......"

"할머니, 붕어빵 오백 원 아니에요?"

헌 삼신할미는 말없이 고개를 끄덕였어.

"두 개 주세요."

파란 우산 아이가 천 원을 내밀었어. 헌 삼신할미가 입을
꾹 다물고 붕어빵 두 개를 주었어.

"아, 맛있다!"

아이는 그 자리에 서서 붕어빵을 먹기 시작했어.

"역시 붕어빵은 맛있어요. 엄마는 붕어빵이 불량식품이
라고 하지만, 난 맛있기만 하거든요."

아이가 나불나불 말하는데, 같이 말하고 싶어서 입이 간
질간질했어. 얼마나 간지러우면 모기한테 물린 것보다 더 간
지러웠지.

'어휴, 새 삼신할미가 입 꾹 다물고 있으라고 했으니……'

헌 삼신할미는 뭉툭한 엄지손톱과 검지손톱에 숨을 '훅
훅' 불어넣었어. 그러자 손톱이 원래 모양으로 돌아왔어. 낫

처럼 휘어진 긴 손톱으로 입술 주변을 벅벅 긁기 시작했지.

"할머니, 손톱이 왜 그렇게 길어요?"

아이가 질색을 하더니 먹던 붕어빵을 내려놓았어. 손톱
이 엄청 길고 새까만 때가 잔뜩 끼어 있는 걸 보니 입맛이
뚝 떨어졌던 거야. 사실 헌 삼신할미는 씻을 때도 급하게 대
충 씻어서 늘 그 모양이야.

"에이, 안 먹어."

입맛이 뚝 떨어진 아이는 뒤돌아서서 그냥 가 버렸어. 붕
어빵을 한 개 반이나 그대로 놓아두고 말이지.

"내 손톱이 뭘 어쨌다고 난리야."

헌 삼신할미는 기분이 나빴어.

"아깝게 그냥 버리고 가네. 쯧쯧."

그러고는 아이가 남긴 붕어빵이 아까워 우적우적 씹어
먹으며 생각했어.

'벙어리 흉내는 내 입이 간지러워서 절대 못하겠다!'

바로 그때, 커다란 박쥐우산을 같이 쓴 여자아이와 남자 아이가 찾아왔어. 얼굴이 쌍둥이처럼 닮아서 한눈에 남매인 줄 알았지.

"할머니, 붕어빵 맛있어요?"

값이 얼마냐고 묻지 않고, 맛이 있냐고 물어 보는 건 처음이었어.

'이제 벙어리 흉내는 끝이다.'

벙어리 흉내를 냈지만 방금 아이가 그냥 가 버렸으니까 벙어리 효과도 믿을 수가 없다고 생각한 헌 삼신할미는 입을 열어 하고 싶은 말을 했지.

"맛있냐고? 붕어빵을 만드는 솜씨는 내가 타고났지."

용왕의 딸이니 물고기는 얼마든지 맛있게 만들 자신이 있었거든. 게다가 한 명도 아니고 아이가 둘이나 동시에 찾아오다니!

"으하하하하하!"

헌 삼신할미는 꽤 기분이 좋아져서 호탕하게 웃었어.

"헐, 할머니가 웃으니까 꼭 마녀 같아요!"

여자아이가 살짝 놀라며 말했어.

"맞아. 만화에 나오는 마녀 웃음소리랑 똑같다!"

남자아이도 얼른 맞장구를 쳤지.

"흥, 마녀 따위는 나에 비하면 아무것도 아냐."

헌 삼신할미는 가소롭다는 듯 말했어.

"너희는 오늘 운이 아주 좋은 줄 알아라."

"네?"

두 아이가 동시에 똑같이 물었어.

"왜요, 할머니?"

"내가 너희 고민을 싹 다 해결해 줄 테니까."

"무슨 고민요?"

두 아이는 뜨악한 표정이 되어 잽싸게 서로 눈빛을 주고받았어.

'어째 느낌이 싸해지는걸?'

여차하면 이 아이들도 도망갈 것만 같은 분위기였어.

'아참, 붕어빵이 먹고 싶어서 온 애들이었지.'

헌 삼신할미는 일부러 입꼬리를 올리며 부드럽게 웃었어.

"애들아, 붕어빵은 공짜로 백 개도 줄 수 있어."

두 아이를 붙잡아 두려고 급히 던진 말이었어.

"백 개나요?"

공짜에다 백 개라고 하면 무조건 좋아할 줄 알았어. 하지만 두 아이는 말없이 주변을 두리번거리며 근처에 누가 있나 살펴보았어. 마침 주변에는 어른이 아무도 없었지.

'속마음을 읽는 기술을 써야겠군!'

헌 삼신할미는 손바닥에 침을 '퉤' 뱉은 다음 그 침이 묻은 손으로 오른쪽 귓불을 쓱쓱 문질렀어. 그러면 아이들이 마음속으로 하는 말을 다 들을 수 있거든.

'아주 이상한 할머니야!'

'붕어빵을 우리한테 백 개나 공짜로 준다는 게 수상해. 혹시 아빠, 엄마가 말한 납치범일지도 몰라!'

두 아이가 하는 속엣말을 들으니 기가 딱 막혔어. 순간, 억울하면 못 참는 성격이 또 튀어나왔어.

"난 납치범이 아니야! 다른 건 몰라도 억울한 건 딱 질색이다."

그렇게 화를 벌컥 내며 자리에서 펄쩍펄쩍 뛰었어. 그러자 갑자기 천둥이 우르릉 울리며 번개가 번쩍번쩍 비쳤지.

"꺅!"

두 아이는 너무 놀라서 손을 꼭 잡고 정신없이 달아나 버렸어. 어찌나 빠르게 달려가던지 붙잡을 틈도 없었어.

"또 도망가 버렸네."

헌 삼신할미는 힘이 쭉 빠지고 말았어.

"어떻게 나를 납치범으로 오해할 수가 있어!"

억울해서 펑펑 울고 싶었어. 부슬부슬 내리던 비가 뚝 그치는 바람에 그날 붕어빵 장사는 또 허무하게 끝나 버리고 말았지.

잘못된 고민 해결

"역시 난 땅 위의 아이들에게는 아무 도움도 주지 못하는 삼신인가 봐."

헌 삼신할미는 기어들어가는 목소리로 겨우 말했어. 새 삼신할미에게 너무 부끄러워 고개를 들 수가 없었어.

"그렇다고 너무 기죽지는 말게!"

새 삼신할미는 따스하게 격려하면서 당부했어.

"이제 벙어리 흉내는 내지 말게. 그렇다고 절대 먼저 설치지도 말고! 아이가 스스로 고민을 말하고 싶어 하면 그때

가서 들어 주게.”

“땅 위의 아이들은 자네 전문이니까. 자네 말대로 하겠
네!”

헌 삼신할미는 같은 실수를 다시는 하지 않겠다고 굳게
결심했어.

다시 해가 떠 있는데 비가 내리는 날이 되었어.

이번에는 학원이 많은 정류장 근처를 찾아갔어. 그리고
붕어빵을 만들기 시작했지. 자연스럽고 인자한 할머니 작전
도 실패했으니 이제는 맛으로 승부를 봐야겠다고 마음먹은
거야.

‘오늘은 먹지 않고는 배길 수가 없는 아주 맛있는 붕어빵
을 만들자!’

헌 삼신할미는 입안에 침이 잔뜩 고이게 하는 달콤한 팥
이 가득 든 붕어빵을 만들었어.

잠시 후, 초록 우산을 들고 동그란 안경을 쓴 남자아이가
걸어왔어. 코를 킁킁거리는 걸 보니 냄새를 따라온 거였어.

'옳지!'

헌 삼신할미는 신이 나서 발바닥에서부터 힘이 쑤욱 올라왔어.

"할머니, 붕어빵 얼른 주세요. 학원 버스 도착하기 전에 빨리 먹어야 해요."

"옛다, 어서 먹어라."

아이는 무척 급해 보였어. 삼신할미는 아이가 안쓰러워 뭐라도 칭찬해 주고 싶었지.

"아이고, 참 복스럽게 먹는구나!"

"먹을 때마다 그런 말 많이 들어요. 아, 수학 학원에 가기 싫어 미치겠다!"

초록 우산 아이는 붕어빵을 연거푸 두 개나 먹으면서 한숨을 푹 내쉬었어. 어린아이가 그렇게 깊은 한숨을 쉬는 건 처음 보았어.

"그래?"

헌 삼신할미는 귀가 번쩍 뜨였어. 아이가 먼저 고민을 말하는 것처럼 들렸거든.

"할머니, 제가 학원을 몇 개 다니는지 아세요? 여덟 개나 다녀요. 아, 학원에 가기 싫어서 고양이가 되고 싶을 정도라고요."

"고양이가 왜?"

"그야 고양이는 아무것도 하지 않잖아요. 하루 종일 잠만 자고 뒹굴뒹굴 아주 편해 보이는걸요."

헌 삼신할미는 얼씨구나 했어.

"그럼, 넌 학원에 다니기 싫은 게 고민이구나?"

"그거야 당연한 거 아니에요?"

초록 우산을 쓴 아이는 붕어빵을 하나 더 먹을까, 말까 망설이고 있었어.

"애야, 너 오늘 운이 엄청 좋은 줄 알아라! 내가 당장 고민을 없애 줄 테니까."

헌 삼신할미는 두 손을 번쩍 들면서 입으로 중얼중얼 주문을 외웠어. 별안간 하늘에서 천둥번개가 우르릉 쾅쾅 울리더니 눈앞에 짙은 안개가 나타났어.

삐요오옹 파파팍!

안개가 서서히 걷히며 눈앞에 고등어 무늬를 가진 고양이 한 마리가 나타났어. 좀 전까지 있던 초록 우산을 쓴 남자아이는 온데간데없이 사라졌지.

"내가 네 고민을 들어 준 거다. 이제 고양이로 실컷 잠도 자고 뒹굴뒹굴 편하게 살렴."

헌 삼신할미는 흐뭇하게 웃으면서 고양이한테 말했어.

"야옹야옹."

고등어 무늬를 가진 고양이는 계속 울면서 그 자리를 떠나지 않고 뱅뱅 돌기만 했어.

"드디어 첫 번째 성공이다!"

헌 삼신할미는 덩실덩실 어깨춤을 추었어. 아주 신이 나서 말이야.

"오늘은 어째 느낌이 좋구먼."

두 번째로 찾아온 아이는 우산이 없었어. 가랑비를 맞아

서 머리가 촉촉한 아이는 화가 나서 씩씩거리고 있었지.

"할머니, 붕어빵 두 개 주세요."

그러더니 붕어빵 두 개를 한꺼번에 입안에 밀어 넣고 우적우적 먹다가 목에 걸리고 말았어.

"컥!"

'이런, 이런!'

헌 삼신할미는 아이의 등을 손가락으로 툭 건드려서 붕어빵이 쑥 내려가도록 해 주었어.

"왜 이렇게 급하게 먹니?"

아이는 목이 아파 눈물이 글썽 고인 채로 말했어.

"저는 화가 나면 뭘 먹어야 화가 풀리거든요. 그래서 급하게 먹는 거예요."

보아하니 콩나물처럼 키만 크고 불면 날아갈 것처럼 약해 보이는 남자아이였어.

"왜 화가 났는데?"

"내가 제일 아끼는 우산을 우리 반 아이가 빼앗아 가 버렸어요."

그 아이는 다시 화가 치밀어 오르는지 눈물이 글썽한 얼굴로 주먹을 불끈 쥐었어.

"그럼 달라고 하지. 왜 가만히 있었니?"

"그 애가 얼마나 힘이 세고 무서운데요! 우리 반 아이들이 모두 꼼짝 못해요."

"그런 애는 따끔하게 혼내 줘야지. 다시는 남의 물건을 뺏지 못하도록 말이야. 너라면 어떻게 혼내 주고 싶은데?"

아이는 볼이 빨갛게 달아올라 흥분한 목소리로 말했어.

"그 애를 공룡처럼 커다란 바퀴벌레로 만들어 주고 싶어요. 아무하고도 놀지 못하게요."

"알았다."

그 말이 떨어지자마자 놀라운 일이 생겼어. 별안간 아이의 발밑에 우산이 '탁' 나타났거든.

"어? 내 우산이다!"

아이는 깜짝 놀라서 주황색 우산을 집어 들면서 주위를

두리번거렸어. 하지만 우산을 빼앗아 간 아이는 보이지 않았지.

"어서 집에 가렴. 네 고민은 다 해결이 되었으니까."

헌 삼신할미는 활짝 웃었어. 어깨가 아주 으쓱해졌지.

"내 우산 찾았다!"

아이는 신이 나서 우산을 펼쳐 들고 집으로 갔어. 한편 우산을 빼앗아 갔던 아이는 졸지에 커다란 바퀴벌레로 변해 버렸어. 아주 한바탕 난리가 나고 말았지.

그날은 꽤 성공적이었어. 엄마랑 아빠한테 맨날 언니와 비교를 당해 화가 잔뜩 난 여자아이의 고민도 들어 주었거든. 가족들이 없는 곳에서 혼자 있고 싶다고 해서 그렇게 해 주었지. 가족을 외딴 섬으로 보내 버렸어.

"히히히! 오늘은 대성공이다."

어찌나 뿌듯한지 헌 삼신할미는 하늘을 둥둥 떠다니는 기분이었어.

"얼씨구나, 절씨구나, 지화자 좋다!"

헌 삼신할미는 신바람이 나서 가벼워진 몸으로 춤을 한바탕 추었어. 돌고 또 돌아도 하나도 어지럽지 않고 오히려 기운이 솟구쳤지.

바로 그때였어. 해가 지더니 순식간에 먹구름이 하늘을 온통 다 덮어 버렸어.

"이제 집에 가야겠군."

저승으로 막 돌아가려던 참이었어.

휘리리릭!

회오리바람이 불더니 새 삼신할미가 눈앞에 나타났어. 무척 급하게 달려왔나 봐. 새 삼신할미는 숨이 차서 헐떡거리며 말했어.

"하이고, 내가 못 살겠다. 정말!"

알고 보니 헌 삼신할미가 한 실수들을 다 수습하다가 온 거였어. 고양이가 된 아이는 다시 원래 모습으로 돌려놓고, 친구의 우산을 빼앗아 공룡처럼 커다란 바퀴벌레가 된 아이도 원래의 모습으로 돌려놓고, 외딴 섬에 가 있는 가족도

다시 집에 데려다 주고 오느라 몹시 바빴던 거야. 게다가 그 사람들이 일어났던 일을 까맣게 잊게 만드느라 더 힘을 많이 써야 했어.

"아이고, 내가 헌 삼신할미한테 괜히 맡겼어!"

아이들이 원하는 대로 다 해 주는 것이 얼마나 위험한 일인지 새 삼신할미는 따끔하게 야단쳤어.

"듣고 보니 내가 아이들이 원하는 대로 해 준 게 잘못이었네."

헌 삼신할미는 참으로 부끄러웠어. 그저 두 손을 싹싹 빌며 미안하다고 했지.

"오늘은 내가 다 잘못했고 실수만 했네. 정말 미안하지만 앞으로 특별한 날을 딱 한 번만 더 허락해 주면, 내가 다시는 귀찮게 하지 않을게. 그저 한 아이만이라도 내가 고민을 해결해 주고 싶어서 그래. 그러고 나면 난 더 이상 소원은 없네."

하도 싹싹 빌면서 사정을 하니 새 삼신할미의 마음은 어느새 누그러졌어. 헌 삼신할미가 거짓말을 하거나 나쁜 꾀를 쓰지 않는다는 건 잘 알고 있었거든.

"그럼 딱 한 번만이야."

마지막 기회

드디어 마지막 기회를 받게 된 그날이 왔어. 해가 반짝 떴지만 비가 부슬부슬 내리는 초겨울 어느 날 오후였지. 오늘은 자전거 타기 좋은 체육공원 근처에 포장마차를 세우고 붕어빵을 팔기 시작했어.

얼굴이 솔부엉이처럼 생기고 무지개 우산을 쓴 남자아이가 다가왔어. 눈이 초롱초롱 빛나고 영특하게 보이는 인상이었어.

'오늘은 절대 설치지 말아야지!'

입을 꾹 다물고 헌 삼신할미는 붕어빵만 맛있게 굽고 있었어.

"할머니. 붕어빵 두 개만 주세요."

말없이 고개만 끄덕이며 갓 구운 붕어빵 두 개를 봉투에 넣어 주었지.

"아, 맛있겠다."

솔부엉이 같은 아이는 '후후' 불어가면서 붕어빵을 야금야금 떼어먹었어. 먹으면서 재잘재잘 떠들었지.

"할머니, 이 붕어빵 어떻게 만들었어요? 엄청 맛있어요. 여태까지 먹어본 것 중에 최고예요!"

"뭘 아는구먼."

늘 칭찬이 듣고 싶었던 헌 삼신할미는 기분이 정말 좋았어. 입꼬리가 귀 밑까지 올라갈 정도로 활짝 웃었지.

"얼마예요?"

솔부엉이 같은 아이는 메고 있던 가방 앞주머니에 손을 넣으며 물었어.

"얼마 받을까?"

헌 삼신할미는 주는 대로 받으려고 생각하고 있었거든.

그런데 가방 앞주머니를 뒤지던 아이가 금세 울상이 되었어.

"어, 어떡하지. 돈이 없네!"

그러더니 발을 동동 굴렀어.

"할머니! 집에 가서 엄마한테 말해서 돈을 가져올게요."

헌 삼신할미는 오히려 기뻤어.

"집에 갔다 올 필요 없다. 할미가 그동안 붕어빵 많이 팔아서 너한테 공짜로 줘도 괜찮아."

"아, 정말요?"

아이는 들고 있던 무지개 우산을 앞으로 내밀었어.

"그럼, 이 우산이라도 드릴게요."

"착하기도 하지!"

헌 삼신할미는 집에 우산이 많다고 말했어.

"정말 고맙습니다. 할머니!"

그런데 기뻐하던 아이의 표정이 갑자기 어두워졌어.

"돈을 잃어버린 걸 알면 아빠가 엄청 야단칠 거예요. 아빠는 왕소금이라 용돈도 조금밖에 안 주고 뭐든 아껴야 한다고 잔소리를 하거든요."

헌 삼신할미는 귀를 쫑긋 세우며 맞장구를 쳤어.

"아빠라고 해서 자식한테 모두 너그럽게 잘해 주지는 않는단다."

그 말을 들은 아이는 깜짝 놀라는 표정이었어.

"할머니는 어떻게 아세요?"

헌 삼신할미는 어린 시절을 떠올리며 계속 말했지.

"우리 아버지도 내가 아기일 때부터 야단만 치셨거든."

아이는 손뼉을 치며 고개를 크게 끄덕였어.

"맞아요. 우리 아빠도 맨날 그래요."

"그게 고민이구면. 아빠 때문에 고민이야!"

헌 삼신할미는 마음이 너무 잘 통하는 아이를 만나서 무척 반가웠어.

무지개 우산을 들고 나타난 솔부엉이 같은 아이의 이름은 '윤후'였어. 3학년이 되고 나서 아빠에 대한 불만이 점점 커져가고 있었지.

"아빠가 다닌 초등학교를 지금 제가 다니고 있거든요. 그래서 더 별로예요."

아빠는 걸핏하면 "내가 너만 할 때 말이야……" 하고 잔소리를 시작했어. 물건을 아끼지 않는다고 야단을 치거나, 한참 쓸 수 있는 멀쩡한 연필이나 지우개를 버린다고 잔소리를 했지. 밥을 남기거나 컵에 든 우유를 다 마시지 않으면 아깝다고 혼내고 말이야.

"우리 집이 가난한 것도 아닌데 아빠는 매일 아깝다는 말만 해요."

불만은 또 있었어.

"아빠가 나만할 땐 누가 시키지 않아도 척척 알아서 공부를 했대요. 학교에서 돌아오면 숙제부터 했다고요. 그 말은 너무 많이 들어서 얼마나 지겨운지 몰라요."

스스로 알아서 공부를 잘했다고 말할 때마다 윤후는 어린 아빠와 비교를 당하는 느낌이었어.

"아빠가 자랑하는 이야기가 진짜인지 알게 뭐예요. 맨날 나를 혼내려고 그렇게 말하는 것 같아요. 우리 아빠는 나를 사랑하지 않는 게 분명해요!"

윤후는 눈물까지 글썽거리며 시무룩하게 말했어.

"애야, 네 이름이 윤후라고 했지? 내가 정말 도와주고 싶구나!"

"정말이에요? 할머니는 참 좋은 분 같아요. 붕어빵도 공짜로 주시고."

'참 좋은 분' 같다는 말을 들으니 헌 삼신할미는 마음이 말랑말랑하고 따스해졌어.

"내가 지금부터 너만을 위한 빵을 하나 만들어 주마."

헌 삼신할미는 아무한테도 만들어 주지 않았던 특별한 빵을 만들기 시작했어. 이건 동물위장술이 들어간 빵이었는데, 빵 모양이 문어 같았지.

"문어는 다양한 모습으로 모습을 바꾸는 위장술이 있단다. 이 문어 빵을 천천히 먹으면 위장술이 오래 가고, 빨리 먹으면 위장술이 빨리 사라져."

윤후는 깜짝 놀라서 물었어.

"할머니는 동물위장술을 어떻게 아세요?"

"그야 나는 바다 속에 사는 동물에 관심이 많았거든. 특히 문어는 머리가 아주 좋고 위장술이 뛰어나서 좋아했지."

"우와!"

윤후는 감탄하면서 맞장구를 쳤어.

"맞아요, 할머니! 동물이 자신을 보호하고 지키기 위해 다른 모습으로 위장하는 건 참 멋져요."

"그러니까 너도 동물위장술을 써서 아빠의 어린 시절로 가 보는 거야. 아빠가 자랑하는 게 거짓말인지, 정말인지 알아보고 오라고. 그럼 아빠의 진짜 마음도 알게 되겠지?"

"정말 그렇게 할 수만 있다면 너무 좋죠! 근데 어떻게 갈 수 있어요?"

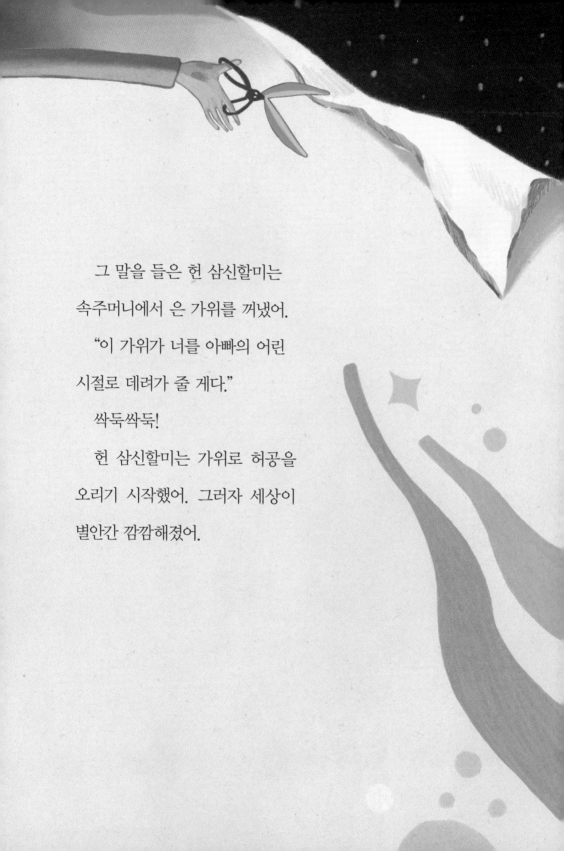

그 말을 들은 헌 삼신할미는
속주머니에서 은 가위를 꺼냈어.
"이 가위가 너를 아빠의 어린
시절로 데려가 줄 게다."
싹둑싹둑!
헌 삼신할미는 가위로 허공을
오리기 시작했어. 그러자 세상이
별안간 깜깜해졌어.

집으로

깜깜하던 방에 갑자기 불이 켜진 것처럼 눈앞이 환해졌어. 세상은 마치 벽에 걸린 그림같이 고요했지. 오직 윤후랑 헌 삼신할미만 살아 있는 것처럼 느껴졌어. 나무와 꽃과 사람들은 움직이지 않는 조각처럼 가만히 멈춰 있었거든.

"여기가 어디예요?"

윤후가 어리둥절한 표정을 지었어. 어느새 학교 운동장에 와 있었거든. 헌 삼신할미는 윤후의 손을 잡고 느티나무 앞으로 갔지. 그 나무는 윤후 아빠가 학교에 다닐 때도 있었던 아주 오래 된 나무였어.

우람한 느티나무에 있던 옹이구멍이 점점 커지기 시작하더니 동그란 자동차 바퀴같이 생긴 문이 나타났어. 헌 삼신할미는 문어 빵을 건네며 사용법을 알려 주었어.

"이 문어 빵을 떼어먹을 때마다 원하는 모습으로 변신할 수가 있단다. 네가 원하는 모습을 마음속으로 외치면 그렇게 변하게 돼. 그리고 문어 빵을 다 먹어 버리면 다시 이곳으로 돌아오게 될 거다."

윤후는 문어 빵을 살짝 떼어먹었어. 그리고 마음속으로 간절하게 외쳤어.

'투명인간이 되고 싶다!'

그때 헌 삼신할미가 윤후의 등을 살짝 떠밀었어. 윤후는 순식간에 뱅글뱅글 돌아가는 문 안으로 빨려 들어갔지.

"어, 여긴 우리 교실이 아닌데?"

같은 교실인데 훨씬 낡아 보였어. 와글거리며 모여 있는 아이들도 모두 낯선 얼굴이었지.

"이제부터 도시락 검사를 하겠어요!"

처음 보는 선생님이 책상 사이를 돌면서 아이들의 도시락을 하나하나 살펴보았어.

"여러분, 여기 재범이가 싸가지고 온 도시락이 진짜 잡곡밥이에요."

선생님이 어떤 아이 앞에 서서 칭찬을 했어. 그 아이가 싸온 도시락은 쌀보다 보리가 훨씬 많아서 거무스름했어.

'이재범?'

선생님이 칭찬하는 아이의 이름을 들은 윤후는 깜짝 놀랐어. 윤후 아빠의 이름이었거든.

'우리 아빠의 교실로 온 건가?'

선생님이 계속 칭찬을 하는데도 아이는 머리를 푹 숙이고 있었어. 정말 아빠가 맞나 확인하고 싶어서 곁으로 다가갔지.

'어, 어디서 많이 본 얼굴이야!'

아이는 핑크색 점퍼를 입고 있었는데 머리 모양이 좀 우스꽝스러웠어. 집에서 가위로 막 자른 것처럼 보였거든.

"헉, 앨범에서 봤던 그 얼굴이잖아!"

윤후는 저도 모르게 큰소리로 말했어. 하지만 다들 윤후의 소리를 못 들었는지 아무도 쳐다보지 않았어.

'아차, 나는 투명인간이었지.'

윤후는 핑크색 점퍼를 입은 아이가 어린 시절의 아빠라고 확신했어. 지난번에 동생 윤지의 '가족 소개' 숙제를 같이 하다가 아빠의 옛날 사진을 보았거든. 사진 속 아이는 여자아이인지, 남자아이인지 짐작을 할 수가 없었어. 핑크색 점퍼를 입고 핑크색 운동화를 신고 있었는데, 얼굴을 보면 남자아이 같았어. 머리 모양은 욕실 바가지를 엎어놓은 것처럼 촌스럽고 어색했지.

"아빠, 이 사람 누구예요?"

윤후는 그 아이의 모습이 웃겨서 킥킥 웃음이 나왔어. 엄마랑 윤지도 까르르 웃었지. 하지만 이상하게 아빠는 웃

지 않았어.

"우리 학교 운동장에서 찍은 사진이네."

"진짜! 책 읽는 아이 조각상이랑 느티나무가 있는 거 보니 우리 학교 맞잖아."

동생 윤지와 윤후는 계속 키득거렸지.

그때였어.

"윤후야. 너, 숙제는 다 하고 노는 거니?"

아빠가 차가운 목소리로 말했어. 윤후는 속으로 뜨끔했지만 태연하게 대답했지.

"노는 거 아니에요. 윤지 숙제 도와주는 거예요."

같이 웃을 줄 알았던 아빠가 웃지도 않고 숙제 타박만 하는 게 싫었어.

"아빠 말이야. 너만 할 때, 할머니한테 숙제하라는 말을 한 번도 들어본 적이 없어. 학교 갔다 오면 바로 숙제부터 했다고!"

윤후는 조개처럼 입을 꾹 다물었어. 그러고는 일부러 발

소리를 쿵쿵 내며 방으로 들어갔어.

그런데 그 아이가 정말 아빠였던 거야. 핑크색 점퍼와 바가지 머리를 한 그 아이가 말이야.

"야, 핑크색 점퍼! 좋겠다, 선생님한테 칭찬 받아서."

뒤에서 짓궂은 남자아이들이 킥킥거리는 소리가 들렸어. 그러자 창백하던 아빠의 얼굴이 금세 빨개졌지.

"재범이는 여자 옷을 입고 다녀. 여자가 되고 싶은가 봐."

아이들이 책상을 두들기면서 까르르 웃어댔어.

'저것들이! 우리 아빠를 놀리고 있어.'

윤후는 화가 불끈 치밀었어. 아빠가 싸온 도시락 반찬은 깍두기랑 콩자반이었어. 진짜 맛이 하나도 없게 보였지.

어느새 수업이 모두 끝났어.

"자, 이제 집으로 돌아가세요. 다른 데로 놀러가지 말고 곧장 집으로 가야 해요. 알았죠?"

선생님이 종례를 마치자, 아이들은 교실을 박차고 달려 나갔어. 윤후는 아빠를 따라 교실 문을 나섰어.

운동장에는 윤후가 한 번도 본 적이 없던 놀이기구들이 여럿 있었어. 엄청 키가 큰 회색 미끄럼틀이 눈에 띄었지. 올라가기가 겁이 날 만큼 높았어. 아슬아슬해 보이는 정글 짐이랑 돌리면 빙빙 돌아가는 지구본처럼 생긴 놀이기구도 있었어.

"진짜 재미있겠다!"

윤후는 놀이기구들을 구경했어. 지금 운동장에는 너무 심심한 놀이기구만 있거든.

윤후는 아빠가 혼자 터벅터벅 걸어가는 모습을 보았어. 그때 등 뒤에서 아이들이 아빠를 놀리는 소리가 들려왔어.

"야, 핑크쟁이 이재범!"

"핑크보이 이재범, 어디 가냐?"

윤후는 주먹을 불끈 쥐었어. 하지만 아빠는 고개만 푹 숙이고 조용히 걷기만 했어. 짓궂은 남자아이들은 계속 떠

들어댔어.

"여자아이처럼 핑크나 좋아하는 이재범!"

그러더니 아빠를 놀이터로 끌고 가서 뺑뺑이를 태웠어. 아이들이 장난을 치며 거칠게 돌리는 바람에 뺑뺑이는 빠른 속도로 돌았어.

"아악!"

아빠는 무서워하며 어쩔 줄 모르다가 모래사장으로 뚝 떨어지고 말았어. 아빠가 넘어졌는데도 아이들은 여전히 히죽히죽 웃을 뿐이었어.

"아하하하!"

"또 태워 줄까? 엄청 재미있을 거다."

애들이 또 아빠를 일으켜서 뺑뺑이에 태우려고 했어.

'안 돼! 나쁜 녀석들.'

문득 윤후는 주머니 속의 문어 빵이 생각났어. 빵을 꺼내 한쪽을 뚝 떼어먹었지.

'무서운 늑대로 변해라!'

그러자 놀라운 일이 벌어졌어.

"으르르릉!"

어느새 회색 늑대로 변신한 윤후는 날카로운 이빨을 드
러내며 장난을 치는 아이들 곁으로 다가갔어.

"으악!"

"늑대가 나타났다!"

　　아이들은 겁을 먹고 후다닥 도망쳤어. 아빠는 미끄

럼틀 밑에 숨어서 벌벌 떨고 있었지.

윤후는 다시 문어 빵을 꺼내 먹었어.

'참새가 되어라!'

"짹짹!"

윤후는 가볍게 포르르 날아가는 참새가 되어 아빠를 쫓아가기로 했어.

아빠는 엉덩이와 점퍼에 묻은 모래를 툭툭 털어내고는 교문을 나섰어. 다른 아이들은 아파트가 있는 쪽으로 가는데, 아빠는 혼자서 5층 상가 건물이 있는 쪽으로 걸어갔지. 허름한 건물 안의 낡은 계단을 한참 올라가자 회색 철문이 나타났어. 아빠는 핑크색 점퍼 주머니에서 열쇠를 꺼내 '철커덕' 열었어.

"와아!"

옥상에 그런 조그만 집이 있다니! 마치 '백설공주'에 나오는 난장이가 사는 집처럼 생겨서 깜짝 놀랐어.

아빠가 현관문을 열고 들어가려는 순간 윤후는 잽싸게

문어 빵을 꺼내 먹으며 속으로 외쳤어.

'먼지가 되어라!'

그러고는 아지랑이 같은 먼지가 되어 몰래 따라 들어갔지. 방에는 비닐로 된 지퍼가 달린 옷장과 책이 꽂혀 있는 책장이 하나 있었어. 침대나 텔레비전은 보이지 않았지.

아빠는 방에 들어오자마자 벽에 세워둔 밥상을 가져와 앉더니 숙제를 하기 시작했어.

'진짜였네! 아빠는 정말 학교에서 오면 숙제부터 했구나.'

윤후는 숙제하는 아빠를 놀란 모습으로 바라보았어. 숙제를 마친 아빠는 자리에서 일어나더니 책장에 있던 문제집과 참고서를 꺼내왔어. 그렇게 앉아서 또 한참을 공부했어.

"휴, 다했다."

아빠는 기지개를 쭉 펴더니 자리에서 일어났어.

'혼자서 저렇게 공부를 열심히 했다고?'

윤후는 고개를 절레절레 흔들었어. 보고 있어도 믿어지지가 않았어. 윤후에게는 있을 수 없는 일이었거든.

'이젠 정말 놀겠지. 아빠는 뭐하고 놀았을까?'

그런데 아빠는 놀 생각이 없는지 창가로 가더니 아래를 내려다 보며 누군가를 기다리는 눈치였어.

"엄마다!"

갑자기 힘이 솟은 모습으로 아빠는 방문을 열고 계단을 깡충깡충 뛰어 내려갔어.

"엄마!"

"아이구, 우리 재범이 많이 기다렸지?"

윤후가 알고 있는 머리가 하얀 할머니의 모습이 아니었어. 머리가 까맣고 훨씬 젊은 할머니는 아빠의 머리를 쓰다듬어 주면서 미안한 표정을 지었어.

"오늘 학교에서 별일 없었어?"

"엄마, 오늘 많이 피곤했죠?"

할머니랑 아빠는 대답은 하지 않고 묻기만 했어. 그러다 할머니는 아빠가 입은 핑크색 점퍼를 물끄러미 바라보았어.

"엄마가 이번에 식당에서 월급 받으면 우리 재범이 점퍼부터 사 줘야겠다!"

"괜찮아요, 엄마."

"애들이 여자 옷 입었다고 놀리지는 않아?"

"애들은 내 옷에는 관심 없어요."

아빠는 할머니의 눈을 쳐다보지 않고 땅바닥을 보면서 말했어.

"아이고, 그렇다면 다행이다!"

할머니는 부엌으로 가서 준비하느라 아빠의 얼굴을 보지 못했어.

"하긴, 큰집 사촌누나가 입던 옷인데 뭐. 남이 입던 것도 아니고!"

할머니는 아빠 들으라고 큰소리로 말했어.

그 말을 들은 아빠는 아무 말도 하지 않고 방문을 열고 나갔어. 옥상에 서서 가만히 하늘을 바라보았지. 그 모습이 무척 쓸쓸해 보였어.

'그랬구나. 아빠가 핑크색 점퍼를 입은 이유가.'

윤후는 너무 미안해서 마음이 찌르르 아파왔어. 그것도 모르고 어린 시절 아빠의 사진을 보고 키득키득 웃었던 일이 정말 미안했지.

"앗!"

이게 웬일이야. 어느새 윤후의 몸이 서서히 사람으로 변하고 있었어. 윤후는 문어 빵을 더 먹으려고 호주머니에 손을 넣었어.

헉! 문어 빵을 다 먹어 버렸나 봐. 주머니에는 빵부스러기뿐이었어. 갑자기 눈앞에 까만 커튼이 내려오는 게 보였어. 이윽고 온 세상이 까맣게 변해 버렸지.

"으아아악!"

온몸이 바퀴가 되어 뱅글뱅글 끝없이 돌아가는 느낌이었어. 그러더니 갑자기 딱 멈추면서 눈앞을 가렸던 까만 커튼이 사라지고 세상이 환해졌어.

어느새 윤후는 다시 운동장 느티나무 앞에 서 있었어.

순식간에 생긴 일이라서 어안이 벙벙하기만 했지.

"할머니!"

윤후는 느티나무 밑에 서 있는 헌 삼신할미를 발견했어.

"진짜 우리 아빠를 만났어요!"

"잘했구나, 잘했어! 아빠가 자랑하던 건 전부 다 거짓이었니?"

"아니에요, 할머니!"

윤후는 펄쩍 뛰면서 말했어.

"우리 아빠가 한 말은 모두 사실이었어요."

"그러면 아빠가 거짓말한 게 아니네?"

"맞아요. 제가 아빠를 오해했던 거예요."

윤후는 고개를 힘차게 끄덕였어.

"그럼 이제 아빠에 대한 고민은 풀린 거야?"

"네, 할머니. 정말 고맙습니다!"

윤후가 깍듯하게 고개를 숙여서 인사했어. 그 모습을 보자 헌 삼신할미 가슴도 뜨거워졌어. 그렇게 꿈꾸던 소원이 이루어진 거야.

"나도 참 고맙다!"

헌 삼신할미는 다시 속바지 주머니에서 은 가위를 꺼냈어.

싹둑, 싹둑, 싹둑!

허공을 가위로 자르면서 큰 소리로 주문을 외쳤어.

"방금 보고 겪은 일들은 다 까맣게 잊어 버려라!"

그러자 땅 위로 안개가 스멀스멀 올라왔어. 안개는 점점 퍼지더니 헌 삼신할미와 붕어빵 만드는 도구들과 포장마차까지 모두 감쌌어. 감쪽같이 몽땅 사라져 버렸지.

윤후는 무지개 우산을 쓰고 멍하니 서 있었어. 왜 여기서 있는지도 몰랐어. 방금 전에 무슨 일이 있었는지 하나도 기억하지 못했거든.

"어, 이상하다. 내가 여기서 뭐하고 있었지?"

윤후는 고개를 연신 갸우뚱거리며 운동장을 걸어 나갔어.

헌 삼신할미는 가로등 위에 걸터앉아 그 모습을 몰래 지켜보았어. 붕어빵 할머니가 아니라 원래의 아름다운 모습으로 말이야.

"이제 오해가 풀렸으니 아빠랑 사이가 좋아지겠군!"

그러다 갑자기 번개 맞은 것처럼 떠오르는 생각에 어깨가 움찔했어.

'오해 받는 것만 속상하고 억울한 게 아니었어!'

아빠가 자신을 미워하고 사랑하지 않는다고 오해했던 윤후. 그런 윤후를 도와주다 헌 삼신할미는 깨달았어. 오해하는 사람의 마음도 역시 아프고 힘들다는걸.

"우리 부모님도 나를 오해하면서 진짜 힘들었겠구나."

원망스러운 마음에 보고 싶지 않았던 부모님이 갑자기 못 견디게 그리웠지.

풍덩!

헌 삼신할미는 그길로 용궁을 찾아갔어. 동해 바다 용궁은 옛날 모습 그대로였지만 어쩐지 조금 달라 보였어.

"이상하다. 용궁이 저렇게 조그마했나?"

그동안 땅 위와 저승에서 오래 살아서 그런지 용궁이 아

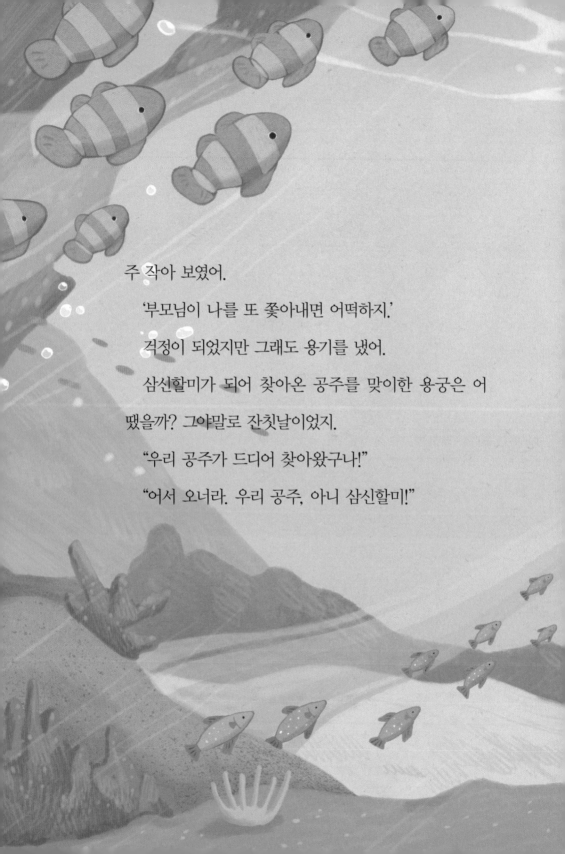

주 작아 보였어.

'부모님이 나를 또 쫓아내면 어떡하지.'

걱정이 되었지만 그래도 용기를 냈어.

삼신할미가 되어 찾아온 공주를 맞이한 용궁은 어땠을까? 그야말로 잔칫날이었지.

"우리 공주가 드디어 찾아왔구나!"

"어서 오너라. 우리 공주, 아니 삼신할미!"

용왕과 왕비는 기뻐서 어쩔 줄을 몰랐
어. 사실은 오랫동안 공주를 기다리고
있었던 거야.
　"네가 용궁을 떠나고 난 뒤
하루도 마음 편하게 잠든 적이

없단다."

"어린 너에게 삼신할미라는 무거운 임무를 맡겨놓은 걸 두고두고 후회했어."

그 말을 듣자 더 일찍 찾아올 걸 그랬다 싶었어. 부모님이 이제라도 안심하고 편하게 잠자리에 들 수 있게 되니 기뻤지.

"지금은 저승의 삼신할미가 되었지만, 그래도 제가 하는 일은 아주 중요하고 보람 있는 일이에요!"

그 말을 들은 용왕과 왕비는 눈물을 글썽거리며 기뻐했어.

"아암, 그렇고말고."

"우리 딸이 삼신할미라 자랑스럽다!"

태어나서 처음으로 자신이 꽤 괜찮은 딸이라고 느낀 헌 삼신할미는 아주 뿌듯했어. 게다가 땅 위의 아이 윤후의 고민도 해결해 주었잖아. 가슴에 박혀 있던 가시가 쑥 뽑혀 마음이 깃털처럼 가벼웠지.

"이제 우리 아이들이 기다리는 곳으로 돌아갈게요!"

헌 삼신할미는 용궁을 떠나 저승으로 향했어. 저승의 꽃밭에서 아이들은 헌 삼신할미를 눈이 빠지게 기다리고 있었거든.

"얘들아! 그동안 잘 지냈니?"

헌 삼신할미가 나타나자, 아이들은 반갑게 달려갔어. 이제야 정말 집에 돌아온 느낌이었지.

아이들은 예전보다 훨씬 더 예뻐 보였어. 미운 아이가 한 명도 없었지. 가끔 말썽을 부리는 아이가 있어도 헌 삼신할미는 성급하게 혼내지 않았어. 그 아이를 다독다독 달래면서 마음을 들여다보았지. 헌 삼신할미의 넉넉해진 품 안에서 아이들은 평화롭게 잘 지냈다고 해.

붕어빵 파는 삼신할미

초판 1쇄 발행 2025. 2. 15.

글쓴이 정진
그린이 유달희
발행인 이상용 이성훈
발행처 봄마중
출판등록 제2022-000024호
주소 경기도 파주시 회동길 363-15
대표전화 031-955-6031
팩스 031-955-6036
전자우편 bom-majung@naver.com

ISBN 979-11-92595-97-9 73810

값은 뒤표지에 있습니다.
잘못된 책은 구입한 서점에서 바꾸어 드립니다.
본 도서에 대한 문의사항은 이메일을 통해 주십시오.

봄마중은 청아출판사의 청소년·아동 브랜드입니다.